人魚猛獣説

スターバックスと私

穂村弘

かまくら春秋社

装丁　林　琢真
装画　渡辺リリコ

もくじ

はじめに　7
サイズは大で大でと叫ぶ　17
勇気が無くてまたショート・ラテ　22
あの人がそそぐラテがくるのを　28
「こんにちは」対策　34
私よりよく生きているように思える　40
双葉って聞きまちがえて笑われた　45
Gさんの話　51
無限をひとつしのびこませた　56

大学生ばかりのスタバで肩身狭い　61
ぬばたまの夜を飲み干し顔上げる　67
自転車で十五キロ走りスタバデビューする　74
今は私が誰かの未来　81
イブだからまっすぐ家には帰れない　89
まゆげをぬいて待ちかまえてる　101

〈番外編〉
ほんとうの手紙書くから　110
コーヒーと文学　118

この単行本は、二〇〇八年のクリスマスにスターバックス コーヒー ジャパンのＷｅｂサイトで連載した「スターバックス三十一文字（みそひともじ）解析」に加筆・修正して、一冊にまとめたものです。

はじめに

僕とスターバックス コーヒーとの出会いは会社員時代に遡ります。今回、このクリスマス企画に参加することになったのも、以前書いた「クリスマス・ラテ」という文章がきっかけでした。

これがその当時（二〇〇三年）の、僕がスターバックスに抱いていた思いです。

＊　＊　＊

クリスマス・ラテ（『本当はちがうんだ日記』所収）

スターバックス・コーヒーで、タゾ・チャイ・ティー・ラテのショートサイズ（シロップ控えめ）を飲みながら、ぼんやり将来のことを考える。

将来、何になろう。

どこに住もう。

誰と暮らそう。

何をしよう。

そこで、ふっと思い出す。

あ、もう、今が将来なんじゃん。

俺、四十一歳だし。

何になろうってのは、総務課長になってるんだし。

どこに住もうってのは、十八歳のときとおんなじ町のおんなじ家のおんなじ部屋に住んでるんだし。

誰と暮らそうってのは、七十過ぎた両親と三人で暮らしてるんだし。

何をしようってのは、スターバックスでタゾ・チャイ・ティー・ラテのシヨートサイズ飲んでるんだし。

シロップ控えめだし。

そうか、そうか。

考えなくてもいいんだ、もう。

将来のことなんか。

もう二十一世紀なんだ。

そかそか。

うん、二十一世紀なんだ。

世界が滅びるって云ってたノストラダムスの予言も四年前に終わったし。

何にも起きなかったし。

最悪八万人の死者が予想されるって云ってた二〇〇〇年問題も三年前に終

わったし。

何にも起きなかったし。

鉄腕アトムが生まれるって云ってた二〇〇三年ももう終わるし。

何にも起きなかったし。

そうかそうか。

今が将来なんだから、僕は将来の心配なんてしなくていいんだ。

もう老眼だし。

足がもつれるし。

肩がよく回らないし。

モーニング娘。名前は知ってるけど見たことないし。

ゴールデン・ハーフもキャンディーズもピンク・レディーもどこかに消えて、いつのまにか辺りはすっかり二十一世紀なんだ。

つんく♂、ってなんなんだろう。

えーと。

それで、僕は。
何をやってるんだっけ。
ああ、そうか。
ネクタイ締めて総務課長でタゾ・チャイ・ティー・ラテなんだ。
シロップ控えめなんだ。
あ？
クリスマス・ツリーだ。
ああ、そうか。
もうクリスマスなんだ。
大きいなあ。
綺麗だなあ。
二十一世紀にもクリスマス・ツリーがあってよかった。
光っててよかった。
今年のクリスマス、どうしようかな。

奥さんいないし。

子供いないし。

恋人いないし。

お父さんとお母さんと三人で炬燵で不二家のケーキを食べようかな。

「おまえ、将来何になるんだい？」

いやだなあ、お母さん、もう今が将来なんですよ。

それから一人で町に繰り出して、スターバックスでクリスマス・ラテを飲もう。

クリスマス・ラテはクリスマスだけの特別な飲み物なんだって、ここに書いてある。

スターバックスに行けば、見たことないけどモーニング娘。みたいな店員が、こんにちは、って笑いかけてくれるだろう。

いつもは緊張して曖昧に頷くだけだけど、クリスマスだから僕もにっこりしてみよう。

僕の笑顔を見るのは初めてだろう。
「いらっしゃいませ、こんにちは」
こちらこそ、こんにちは。
クリスマス、おめでとう。
きみたちは将来何になるんだい？
僕は今が将来なんだよ。
つんく♂、ってなんなんだい？
ああ、きみたちも何か飲みなさい。
僕は冬のボーナスが一・八ヶ月出たからね。
ご馳走しよう。
クリスマス・ラテがいい。
クリスマスだけの、特別な飲み物だ。
みんなで、飲もう。
大きなツリーを見上げながら。

クリスマス・ラテ。
シロップたっぷりで。
メリークリスマス。
クリスマス、おめでとう。

※文中の「クリスマス・ラテ」は穂村弘の脳内にだけ存在するドリンクで、現実のスターバックスのメニューにはありませんのでご注意ください。

人魚猛獣説

スターバックスと私

サイズは大で大でと叫ぶ

初めてスターバックスに入った日のことを思い出す。

小銭を握って飲み物のメニューを眺めながら、私はそこに「コーヒー」も「紅茶」もみつけることができなかった。

ここ、カフェじゃなかったのか？

にこにこと微笑む店員を前にして、メニューが全く理解できない私のあたまのなかは真っ白だった。

店員の口が動き、優しく何かを話しかけてくれたが、真っ白な私にはもはやひと言もその意味が理解できないのだった。


「スターバックスの克服」（『にょっ記』所収）より

スターバックスのクリスマス・エッセイを書きませんか、というお話があったとき、驚きました。私でいいんですか。ほんとに？　大丈夫か、スターバックス。いや、私。

激しく動揺しながら、ハートウォーミングなラブ・ストーリーとか書けませんけど、と云うと、いつも通りでいいです、ということだったので思い切ってお引き受けしました。

確かに、昔から私の短歌や文章のなかにはスターバックスが出てきます。が、それらの多くはどこか素直じゃないというか、スタバに対する憧れと怖れが混ざったような書き方であることが多いのです。

あのメニュー、あのカスタマイズ、あのフレンドリーさ、あのエプロン、あのランプ、あの人魚、あの緑……、緊張します。初めてスターバックスに入ったのがいつかは忘れたけれど、思いっきり肩に力が入った道場破りの気分でした。たのもーう。むっ。トール？ショート？何がトールサイズじゃ。

日本人なら、サムライなら、ちゃんとLサイズと、あ、ラージも英語か。

まあ、いつしか慣れて、今ではカプチーノを熱めの豆乳で頼んだりしているわけですが、それでもサイズを訊かれて、咄嗟に「大きいの」とか「小さいの」とか口走ることがあります。でも、可愛い店員さんは「トールサイズですね」などと云い直すことなく、素直に「はい」とにっこりしてくれて、なんだか、どきどきしてしまいます。負けた。小さなことに拘った拙者が悪かった。いや、でも、とくるくる考える。そんなややこしい客って私だけだろうか。みんなはもっと自然に楽しんでいるのか。

そこで今回スターバックスについての短歌を募集してみたわけです。応募フォーマットに記入して貰った性別、年代、職業、都道府県がスタバファンの客観データなら、短歌そのものはいわば心のデータに当たります。

それをみていくことで、様々な地域と年代の人々がスターバックスについてどんなことを感じているのか、日本のスターバックス像がなんとなくみえてくるんじゃないか、と。印象に残った短歌を眺めながら考えていきたいと思います。

応募作品をみていて、まず、テーマや詠い方に幾つかのパターンがあることに気がつきました。最初に目に留まったのはこんな歌。

おばちゃんが英語はだめと言いながらサイズは大で大でと叫ぶ

麻倉遥（女・京都府）

同志発見、と一瞬嬉しくなりながら、でも、待てよ、と思いました。考えてみると、私は「大きいの」とは云っても、「大」とは決して云わない。云えない。「大」は恥ずかしいのです。何故だろう。

たぶん、「大きいの」という云い方には、「本当はトールって知ってるけど、わざとこう云ってるのさ」というニュアンスをもたせられるからではないでしょうか。せこいなあ。「大」を貫く「おばちゃん」の方がよっぽどサムライだ。

勇気が無くてまたショート・ラテ

今回、短歌の応募作をみていてわかったのは、「サイズは大で」と叫べる「おばちゃん」は別として、スターバックスに対して心理的な敷居の高さを感じるのは私だけではないらしい、ということです。やはり、カウンターでの注文にプレッシャーの山場がひとつあるようですね。

戦いはお店に行く前から始まっている。

初スタバホームページで情報収集長い名前も丸ごと暗記

三つ葉（女・兵庫県）

なんと「クアトロベンティヘーゼルナッツバニラアーモンドキャラメルエキストラホイップキャラメルソースモカソースチョコチップチョコレートクリームフラペチーノ」なんていう「長い名前」もあり得るらしい。
しかし、いくら事前に「情報収集」しても、やはり練習と本番は違います。

よく聞けばおばあちゃん言う「テラふたつ」拝む気なのかラテ様様を

つちのこ（女・東京都）

「ラテ」は全然長くない、というか、限りなく短い。それでも、間違えるときは間違えてしまいます。或いはまた、こんなパターンも。

カップのね大きさ四つあるけれどGはグランデ、ジャイアントじゃない

赤めがね（女・山梨県）

だって、ジャイアントもちゃんとGなのに……。「ジャンボ」って云ったひともいるらしい。ジェット機だ。

これらのハードルを意識するせいで、なかなか、注文カウンターに進む勇気が出なくて、次のような状況が生まれます。

入り口でメニュー見上げて迷ってる我を焦らす「こちらへどうぞ」

むー（女・東京都）

この気持ち、よくわかります。スタバ初心者としては、まずひとりで「入り口でメニュー見上げて」ゆっくりと考えたい。

ところが、「こちらへどうぞ」と優しく云われてしまう。見やすいメニューでどうぞ、わからないことがあったらお教えしますよ、という好意。でも、それよりも目の前にひとがいることが緊張の原因になる。

その上、背後にもお客さんの気配を感じたりするともう大変。待たせてる、僕が、みんなを、待たせてる、という重圧であたまが白くなって、何が飲みたいのか全くわからなくなってしまいます。現実は細部まで闘いの連続だ。

さて、私の場合、どう注文するかというと、まず「カプチーノを熱めの豆乳で」と云います。で、わざわざサイズを訊かれるのを待ってから、「あ、小さいので」。そのとき、心のなかでは「ショートソイエクストラホットカプチーノ」と唱えています。なら、最初からそう云えばいい。その通り。でも、それができないのです。

お寿司屋さんで「お茶」のことを「あがり」という客は通ぶっていて、逆にダサイっていうでしょう。また、刑事は素人が「アリバイ」という言葉を使うのを嫌うらしい。そういう観点から、客である自分が店員さんの使う言葉で注文するのはちょっと、と思うわけです。この感覚、我ながら繊細だ、と思っていたら、上には上がありました。

「本日のコーヒーください」って言う勇気が無くてまたショート・ラテ

辻井竜一（男・埼玉県）

「『本日の』って、照れくさくて言えません……。」という作者コメントあり。なるほど。「本日の」「本日の」「本日の」……、照れくさいって気持ち、なんとなくわかります。デリケート！

あの人がそそぐラテがくるのを

女性の友人たちと話をしていて、恋愛の話になることがあります。

ほ「そろそろ、年下もいいんじゃないの」
友「そうかな」
ほ「うん」
友「年下、いいかな」
ほ「清潔で、フレンドリーで、知的で、シャイで、優しくて」
友「……」（思い浮かべている）
ほ「……」（待っている）

友「いいね」

ほ「いいよね」

友「でも、どこにそんな子がいるの？」

ほ「スタバのカウンターの中」

友「……」(思い浮かべている)

ほ「……」(待っている)

友「いるね」

ほ「いる」

そう、いるのです。

あの感じのいい男の子たちは、どこからやってくるんでしょう。

今回の連載のための取材でスタバの担当者にお会いしたとき、尋ねてみました。

ほ「スタバの店員さんってみんなとても感じがいいんだけど、いったいどうやって探してるんですか」

担「特に何も。自然に集まってくるんです」

ほ「面接とか、しないんですか」

担「します」

ほ「どんなところをみるんですか」

担「うーん、『この人に緑のエプロンは似合うかな』ってあたまのなかで想像してみます」

なるほど。そのひとと一緒に働きたいかどうか、ってことを具体的なイメージとして突き詰めるとそうなるんですね。スタバに私みたいな店員がいない理由がわかりました。

集まった短歌のなかにも、店員さんが気になるという内容のものが幾つもありました。

イケメンの店員さんに惚れましたきゅうきょ予定を「ここで飲みます」

ルポ（女・北海道）

「イケメンの店員さんに惚れました」のストレートさが可愛いですね。最後の「『ここで飲みます』」が思わず口から飛び出した風なのもいい。

或いは、さらに本気な雰囲気のこんな歌はどうでしょう。

赤いランプ視線ずらして感じ取るあの人がそそぐラテがくるのを

M（女・静岡県）

「視線ずらして感じ取る」の微妙さのなかに切実な思いがあるのがわかります。運ばれてくる「ラテ」が大好きな「あの人」そのものであるかのような緊迫感。

実は今回、スタバの店舗で働いている方々からも短歌を募ったのですが、そのなかにこんな作品がありました。

ぼんやりといつも空をながめてるぼくの作ったラテを片手に

もんきち（男・静岡県）

お客さんのなかに気になる女の子がいるんでしょうね。彼女は「ぼんやりといつも空をながめてる」。

実は、この「ぼくの作ったラテ」と先ほどの「あの人がそそぐラテ」は、おんなじ「ラテ」なのです。

ふたりは互いに想い合っている。

でも、どちらもそのことをまだ知らない。

いつ、どんな風にして、互いの気持ちに気づくんだろう。

なんて、勝手に妄想するとどきどきしてしまいます。

いや、でも、そういえば、ふたりは同じ静岡県……。

「こんにちは」対策

スターバックスでは「いらっしゃいませ」を使わないという話をききました。
なるほど、そういえば「こんにちは」と云って迎えられますね。
その方が親しみがこもっている気がします。
だから、嬉しい。
でも、困る。
嬉しいけど困るってことがあります。
「こんにちは」には「こんにちは」を返すものでしょう。
それが自然に明るく口から出てくるお客さんはいい。
でも、私には云えない。

「こんにちは」と云われて嬉しいけど、どう返していいかわからない。

せめてにっこりできればいいんだけど、「こんにちは」を貰った嬉しさが「こんにちは」を返さなきゃというプレッシャーに変わって、逆に無表情になってしまう。

これじゃ駄目だ、と内心焦りながら、意味もなく目をぱちぱちしてみたり。

でも、スタバの店員さんは、無表情なおじさんのぱちぱち目が「こんにちは」のサインとは思わないだろう。

残念です。


このように相手と自分の間にフレンドリー偏差値の差があるとき、それは心理的なハードルになります。

例えば、信号が変わるのを待っているとき、交差点の向こう側に友人の顔を発見することがある。

そんなとき、私は嬉しい気持ちになりません。

むしろ、ぎくっとする。
頼む。
まだ気づかないでくれ。
信号が変わって歩き出してから「出会おう」じゃないか。
そこでなら私も偶然の出会いを思う存分喜べるんだ。
そう心のなかで提案してみます。
が、望みは叶わない。
あっさりと気づかれてしまう。
交差点の向こうから、友人はとっても嬉しそうな顔で手を振ってくれる。
ぶんぶん。
うう、と思う。
私は彼と同じようににこにこできないのです。
こんなに沢山ひとがいるところでぶんぶん手を振れないよ。
恥ずかしい。

軽く手を挙げて、曖昧にうんうんと頷くのが精一杯。
だが、友人は私の消極的な反応など全く気にせずににこにこと手を振り続けます。
ぶんぶん。
うんうん。
ぶんぶん。
うんうん。
友人と同じようにフレンドリーな態度をとれないことがプレッシャー。
信号は一向に変わる気配がない。
なんて長い信号なんだ。
でも、友人はめげずに、嬉しそうに手を振りつづけてくれる。
ぶんぶん。
うんうん。
ぶーんぶーんぶーんぶーん。

う、うう。

心の借金が溜まってゆく。

こんな私がスタバの「こんにちは」に対応するにはどうすればいいのでしょう。

幾つか案を考えてみました。

・目をぱちぱちする（現状）
・「こんにちは」をくれた店員さんに充分接近してから「こんにちは」と囁く
・意志の力でギギギギギと笑顔をつくる
・「こんにちは」と胸に書かれたTシャツを着る

いずれも不気味ですね。

私よりよく生きているように思える

以前、ＮＨＫの短歌番組に選者として出演したときのこと。とてもいい歌が一首あって、それを紹介しようとしたら、スタッフの方に止められてしまいました。理由は「スタバ」という言葉が入っていたから。別に「スタバ」が悪いわけじゃなくて、ＮＨＫでは企業名や商品名を出してはいけない決まりなんです。

そのために、不思議な現象が起こります。

万歩計　↓　歩数計
宅急便　↓　宅配便

アーモンドチョコレート　↓　アーモンド入りチョコレート
キャッチホン　↓　割り込み電話
ドライアイス　↓　固体炭酸
パンティーストッキング　↓　パンティー型ストッキング
ウィンドサーフィン↓　ボードセイリング
オセロ　↓　リバーシ
ホッチキス　↓　ステープラー

上が一般的な呼び方なんだけど、実はいずれも商品名。そのために下のように云い換えるわけです。しかし、かなり無理があるというか、「固体炭酸」「リバーシ」なんてなんだかよくわからないですよね。「パンティーストッキング」も、あれは絶対「パンティー型」じゃないと思う。

それでも自分の発言なら気をつけて云い換えればいいんだけど、短歌の中の言葉を勝手に置き換えるわけにはいかないから、結局、没になってしまいました。

スターバックス　↓　？

「？」に入る言葉はなんだろう。無理に置き換えたとしても、あのときの短歌は台無しになってしまったと思います。内容を正確には思い出せないんだけど、スタバにいると周りのひとがみんな私よりよく生きているように思える、というような歌でした。これはスタバの雰囲気を非常によく捉えていますよね。特に「よく生きている」という表現がいい。

今回の応募作のなかにも、例えばこんなのがありました。

コーヒーを片手に手帳開く人きっと仕事ができるのだろう

シナモン（女・兵庫県）

エッセイ連載のための準備として、六本木エリアのお店に取材に伺ったのですが、そこにもこんなひとがいました。他にもノートパソコンを開いているひとや、資料をみながら打ち合わせをしているひとや、スケッチブックにさらさらとなにかを描いているひともいて、なんか格好いい、と思いました。

そういえば以前、台北の茶藝館に行ったとき、お茶を飲みながら筆で手紙を書いているお爺さんがいたっけ。また、ウィーンのカフェには楽譜を眺めているおじさんがいて、さすがは音楽の都と感動したことも。

そういう人々の姿をみると、或るところまでは、私も頑張ろう、背筋を伸ばして、よく生きよう、と思います。でも、一定レベル以下に気持ちが落ち込んでいる時などは、周囲とのギャップを感じて逆に焦ってしまいそうです。

双葉って聞きまちがえて笑われた

スターバックスの窓際の席に座ってひとりで本を読んでいる女性は、とても素敵にみえます。

携帯電話をみているよりも本を開いている方が魅力的に思えるのは、何故でしょう。

ひとりの世界を感じさせるからかな。

本の上を移動する視線。

ページを捲る音。

揺れる髪。

ふっと浮かんだ微笑の深さ。

うわーん、そのカフェモカ、僕に奢らせてください。

そう云いたいけど、云えません。

怪しいおじさんだと思われる。

それにスタバは先払い。

代わりに、どうか待ち合わせじゃありませんように、と心のなかで念じます。

読みかけの本に栞を挟んで、かすかな微笑の余韻を頬に浮かべたまま、彼女が席を立ったら完璧です。

やった。

私の勝ちだ。

でも、そうはならないこともある。

「お待たせ」と云って彼女に相応しくない変な相手が現れたらショック。

「お待たせ」と云って彼女にお似合いの素敵な相手が現れてもショック。

キャンセル！

その恋、キャンセル！
そう云いたいけど、云えません。
そんな権利はないのです。
ふう。
さて、クリスマスが少しずつ近づいて来ました。
恋の短歌を御紹介しましょう。

双葉って聞きまちがえて笑われた独身だったころのあなたに

本多響乃（女・東京都）

「双葉」≒「スタバ」でしょうね。
可愛い。
でも、可愛いだけの歌ではありません。
「独身だったころのあなたに」だから、今は独身ではないことになる。

「あなた」は誰と結婚したのでしょう。
私？　それとも別の誰か？
それによって、この作品は甘い歌にも切ない歌にも変わり得る。
その二面性が魅力になっています。
でも、やっぱりこの感じは切ない方かなあ。
ちなみに作者のコメント欄は空白でした。

ガツガツとスコーン頬張りポロポロとそんなあなたが大好きだった

37（女・山口県）

「ガッガツ」で「ポロポロ」なお行儀の悪さが反転するほど「大好き」というところがポイント。
お行儀のいい「あなた」、格好いい「あなた」、素敵な「あなた」が大好きというのでは当たり前過ぎて面白くありません。

前髪を切ったただそれだけのことメールしたくてスターバックス

瀬雨ユウキ（女・山梨県）

こちらも髪型を大きく変えたんじゃなくて、ただ「前髪を切った」だけってところがいいですね。

どこにも恋とか愛とか書かれてないし、誰に「メール」したいのかも不明。

だからこそ、一首のなかに溢れるような思いを感じとることができます。

可愛いなあ。

キャンセル！

Gさんの話

前回の可憐な恋の短歌たちを眺めながら、ふと思ったのは、このピュアさを私の知り合いのGさんにもみせてあげたいということでした。

Gさんは大学時代のサークルの先輩に当たる男性です。

明るくて頼りがいのある人柄に加えて見た目も格好いいので、昔から同性にも異性にもとてもも人気のあるひとでした。

過去に何度か結婚の経験があって、現在は独身だけど素敵な恋人がいるようです。

おかげで彼と話をしていると、ときどき混乱することがあります。

その話はこの恋人のことなのか、あの恋人のことなのか、或いは前の奥さんのことなのか、それとも前の前の奥さんのことなのか、もしかして前の前の前の奥さんのことなのか……。

「なんか、ぐちゃぐちゃですね」とやっかみ半分に云うと、Gさんは「そんなことないよ」とあっさり応えました。

G「すっきりしてるよ、皆『ケイコさん』だし」

ほ「は？」

G「だから彼女たちは全員、『ケイコ』って名前なんだよ」

ほ「ええー、字もおんなじなんですか」

G「字なんてどうでもいいんだよ。みえないんだから。皆『ケイコ』なら安心だ」

彼はそんな風に断言しました。

字はどうでもいい？

みえない？

安心？

意味がわからない。

でも、ちょっと考えて、理解できました。

つまり、うっかり名前を呼んでしまったときに「安心」って話ですね。

髪を撫でられながら「ケイコ」と云われれば、彼女たちは当然それは自分のことだと思う、と。

ほ「名前なんて、ちゃんと気をつけてれば大丈夫でしょう」

G「気をつけなきゃ、間違えないようにしなくちゃ、とずっと思ってるのが大変じゃないか」

そう云われれば、そんな気もする。

でも、「すっきりしてる」のは本人だけで、話を聞く方は皆「ケイコさん」だったらもっと混乱するんですけど……。

離島の高校の野球部で一番から九番まで全員おんなじ苗字、みたいなチームがあるけど、その試合の実況放送をきいている気分。

違うのは高校野球とちがって、爽やかじゃないところ。
全員「ケイコさん」なら「安心」というGさんの話は、あまりにも身も蓋もないというか、生々しいというか、前回の「双葉」や「スコーンポロポロ」や「前髪メール」の初々しい世界からの距離がありすぎて、くらくらします。
本物の大人ってなんかこわい。

ほ「ちなみにそれって偶然なんですか」

G「途中までは偶然」

うわー。

無限をひとつしのびこませた

前回のエッセイのなかで、Gさんという知人のことを御紹介しました。

Gさんの歴代の結婚相手や恋人たちの名前が皆「ケイコさん」である件について、「偶然ですか」と尋ねたところ、彼の返事は「途中までは偶然」。

その答の黒さにびびった私ですが、でも、確かに名前の呼び間違いは困ります。

まずいことに、それは恋人同士のスイートな時間帯というか、ふたりのいちゃつきの最中に起こりやすいのです。

一種の条件反射というか、その場の状況が過去の記憶と結びつくからかなあ。

最も雰囲気が盛り上がった頂上付近で、それはいきなり炸裂する。

「ケイコ」（甘い声で）

「は？」

ちゅどーん。

誰も望まなかった地雷。

致命的。

自分自身の記憶を振り返っても、喉もとまで違う名前が出かかって、ぎりぎりで止めたことがあります。

汗が出る。

最初の一音だけ口から洩れてしまったこともあります。

汗プラスなんかわからない液が出る。

「あ」と云ってしまった瞬間、やべっと気づいて、咄嗟に「あしたどこいこうか」とフォロー。

「な」と云った瞬間、慌てて「なんか飲むものあったっけ」

「む」と云えば、「むしが鳴いてるね」

「る」は、うーん、うーん、「るびー買いにいこうか」、うわっ、変だ。

「ま」は、思わず「まさかね」と云ってしまって、「何が？」と不思議そうに訊き返されて「ま、ま、まさか、巨人が優勝するとはね」

はあはあはあはあはあ。

恐怖のひとり尻取りだ。

さて、ここで短歌の御紹介です。


「煤」「スイス」「スターバックス」「すりガラス」「すぐむきになるきみがすきです」

やすたけまり（女・京都府）

尻取りがそのまま短歌になっています。

同じ尻取りでも、こちらはとても美しい。

前半の言葉の流れも詩的だけど、ラストの「すぐむきになるきみがすきです」によって一気に次元が変わりました。

尻取りという遊びのなかで、不意に口から零れた冗談のような愛の言葉。だからこそ、どんな真面目な告白よりも胸をうつ。

「若手芸人『ジャルジャル』のコントに、すごく高度な技を繰り出しつつ戦うしりとりがあります。その中でも、『煤！』と言われて間髪を入れず『スターバックス！』と返すのが笑えました」という作者コメントがありました。

同じ作者の歌をもう一首。


「スターバックス！」あなたとのしりとりに無限をひとつしのびこませた

やすたけまり（女・京都府）

大学生ばかりのスタバで肩身狭い

いつだったか、御茶の水のスターバックスでカプチーノを飲んでいるとき、ふと周囲を見回して、あれっ、と思ったことがありました。

もしかして、このなかで僕が最年長？

だって他のお客さんは、みんな制服だったり、勉強してたり、男の子でも眉毛が整ってて格好良かったりしています。

最年長どころか、もしかして、僕だけ昭和生まれ？

それってなんか、おそろしい。

僕は「平成」って元号が決まった日のことをありありと覚えているのに。

君たちは誰も「虹と雪のバラード」歌えないのかい？

札幌オリンピックのテーマ曲だよ。
♪るるるー、るるるるー、るーるーるーるーるるるー
素敵でしょう？
いや、いいんだよ。
そんな歌、知らなくたって。
僕もエクステってなんだかわからないからおあいこだ。
君たちもエクステなのかい？

とまあ、そんな風にスタバ年齢ということを考えさせられた日でした。

でも、これはスタバのある場所にもよるんでしょうね。

たまたま御茶の水だったから学生さんが多かっただけで、そういえば、以前よく行った品川のお店は首からＩＤカードを下げた会社員ばっかりでした。

学生に比べて会社員は首が太い。

そして何故かバナナが好き。

私もよく食べました。

コーヒーに合うんだよね。

初めてスタバのレジカウンターの前にバナナを発見したとき、どきっとしました。

意外なところで意外なものに出会った驚き。

昭和っぽい食べ物だからかなあ。

それが逆にお洒落にみえて、やられたという感じ。

バナナが人気だった品川のお店よりももっとお客さんの平均年齢が高い店だって、日本中探せばきっとあるんじゃないか。

全員で「虹と雪のバラード」を合唱できるような。

それじゃ、歌声喫茶か。

さて、スタバ年齢についての短歌をひとつ、御紹介します。

大学生ばかりのスタバで肩身狭いラテ飲みながらきょろきょろしちゃう

平岡あみ（女・東京都）

「スタバで待ち合わせしたりするのは、中学生にはまだ早いって言われています。だから、めったに行かれませんが、時々友だちといっしょに行きます」って作者のコメントがありました。

彼女は若すぎて「肩身狭い」んですね。

私のケースとは逆のパターンだ。

ちょっと背伸びしていく、そのどきどき感がいいんじゃないか、なんて思ってしまうのは、こちらがもう大人になってしまったからなんでしょうか。

短歌としてみると、「ラテ飲みながらきょろきょろしちゃう」ってところの口調とリズムがいい。

スタバでラテ飲んで楽しいけど肩身狭いけど楽しい、という複雑な感覚が鮮やかに伝わってきます。

可愛いなあ。

中学生ではお小遣いも少ないだろうし、アルバイトもできないかもしれないから、奢ってあげたくなります。

君、君、よかったら好きなだけバナナ食べなさい。

ぬばたまの夜を飲み干し顔上げる

スターバックスでお洒落に勉強しているような平成の学生さんたちにも、青春の悩みはあるのでしょうか。

あるんでしょうね。

外からはわからないだけで。

大人の世界には存在しないような、ささやかで透明で、でも致命的な痛みや苦しみがそこにはあると思う。

私は今でも高校時代の夢をみることがあります。

それはテストの夢なんかよりもずっとおそろしい。

こんな悪夢です。

修学旅行の班をつくることになった。

「好きなもの同士、組んでよし」

担任のセヌマンが云った。

教室中に、わーっ、という歓声が広がる。

セヌマンがにやっと笑った。

いいことをしたつもりなのだ。

馬鹿野郎、と私は心のなかで思う。

わーっ、と喜んだ生徒たちの陰に、「好きなもの同士」の言葉で目の前が真っ暗になった者たちがいるのがわからないのか。

彼らは声を出すことができない。

ただ無言で絶望している。

ブーイングなんてできない。

もしもブーイングをするなら、「好きなもの同士」でどこにも入れずにあぶれてしまいそうな自分自身に向かってするしかないことを彼らはよく知っている。

それが絶望を一層深くする。

わーっ、という歓声からの自然な流れで、みるみるいくつもの班ができてゆく。

バスケ部のミチカズ、水泳部のトースケ、ギタリストのイノちゃんたちによって構成されたスーパースター軍団。

成績上位の知能指数軍団。

いくつかの一般庶民軍団。

そして不良軍団。

それぞれにまとまって興奮気味に修学旅行の予定を語り合っている。

だが、この期に及んでまだ、自分の席で身を固くしたまま、おどおどと周囲の様子を窺う者たちがいる。

彼らは自分がクラスの誰にも相手にされないことを知っている。

そして、誰と誰が同じ種族であるかも。

だからこそ、声をかけあって班になることができないのだ。
誰にも相手にされない軍団の結成。
それだけは嫌だ。
それをしてしまったら、惨めな自分自身を認めることになる。
わんわんわんわんわんとみんなの声が響く教室に、泣きたいような時間が過ぎてゆく。
「まだ班が決まってないものいるかー?」
無神経のカタマリのようなセヌマンが大声を上げた。
おずおずと何本かの手が上がる。
そのうちの一本は私の手。
「よし、じゃあ、お前らで班をつくれ」
ああ。
そうだろう。
どうあがいても、結論はそれしかあり得ないのだ。

知ってるさ。
私たちはそっと近づいて無表情に互いの顔をみた。
鏡をみるような暗い眼差し。
こいつも、こいつも、こいつも、みんな僕だ。

そこで目が覚めます。
暗闇に汗の匂い。
ううう。
夢か。
夢だ。
そう気づいてからも、まだ恐怖に心が痺れています。
そのとき、思い出したのはこんな歌。

ぬばたまの夜を飲み干し顔上げるこれが私の朝の始まり

慧（女・東京都）

「ぬばたま」は「夜」「黒」などにかかる枕詞。

この「夜」はたぶんコーヒーのことでしょうね。

「ぬばたまの夜」のようなコーヒーを飲み干すことによって、目覚めの気持ちを切り替えようとしているのです。

それは自分をすっぽりと包み込んでいた「夜」を終わらせて、新しい「朝」を始める儀式でもあります。

「顔上げる」が美しい。

もともとは薬として広まったこの飲物の本質的な力を捉えた秀作だと思います。

さあ、私も起き上がってコーヒーを飲みに行こう。

自転車で十五キロ走りスタバデビューする

前回のエッセイに書いたように暗くて惨めな高校生だった私からみると、二十一世紀のスターバックスにいる若者たちは眩しく感じます。大人になってしまった者の目からは、現場の痛みや苦しみはもうわからないのかなあ。

彼らのきれいなところが強調されてみえるんです。

応募作のなかに、こんな短歌がありました。

わが息子ココア飲むため自転車で十五キロ走りスタバデビューする

ブタコンダ（女・茨城県）

格好いい。

でも、「自転車で十五キロ」走ったあとで「ココア」って選択はどうだろう。ちょっとどろっとしすぎじゃないの。マンゴーパッションティーフラペチーノにすればいいのに。あ、「スタバデビュー」じゃそんなの知らないか。

などと余計な心配をしながら、しかし、そのどこかズレた「ココア」感覚までもがなんだか格好よく思えます。

きらきらしたオーラが出ている。

このオーラの正体はなんだろう。

どうやら、「ココア」一杯のために「自転車で十五キロ」っていう、スケールが狂ってる感じが、大人の世界の決まり事に縛られたこちらの気持ちを自由にしてくれるみたいです。

目的とそのために人間が費やすエネルギーとの間にズレがあるときに生まれる格好よさ、美しさ、インパクトって、あるのかもしれない。

例えば、「五分だけ顔を見にきた」なんていう言葉があります。

恋愛の現場におけるひとつの殺し文句。

お互いに忙しい仕事の合間を縫って、或る真夜中、思いがけないタイミングで彼が彼女のもとにやってくる。

彼女は驚きます。

女「あれ、どうしたの、明日早朝から仕事じゃなかった？」
男「うん、五分だけ顔を見にきた」

ぽわわーん。

美しい。

憧れます。

彼女も嬉しかったでしょう。

でも、冷静に考えてみると、恋が絡めば、少なくともテンションのピーク時には、人間はこれくらいやるんじゃないか、と思う。

その理由はたぶん、恋という現象の特殊性に因る。

このケースでいうと、「顔を見にきた」という言葉は、確かに個人の気持ちのレベルでは真実に違いない。

でも、実はその奥にもう一段階、より深い動機が潜んでいるんじゃないか。

つまり、生物としての人間にとっては、全ての恋の最終目的は「種の保存」にあるわけで、ヒトの雄としての彼は（ヒトの雌としての彼女も）深い次元においては、その巨大なモチーフに突き動かされている。

勿論、恋の現場においては、そんなことは意識しないけれども、無意識というか細胞のレベルで、我々がそのドライブに乗せられているのは確かでしょう。

目の前の恋がこんなにきらきらして感じられるのも、もしかすると、未来からふたりの子供や孫たちが念力を送っているのかもしれない。

「恋をしろ、恋をしろ、でないと僕ら、消えてしまうよ」と。

ゆえに「五分だけ顔を見にきた」のも、その次元で考えるならば、目的とエネルギーとの間にそれほど大きなズレはないと思うのです。

なにしろ人類の未来がかかっているのですから。

でも、「ココア」のために「十五キロ」は違います。

「種の保存」とか、「未来の子孫の念力」とか、全く無関係。

もっと純粋なエネルギーの浪費です。

だからこそ、輝いてみえるんじゃないか。

浪費のカタマリが汗を飛ばしながら、田舎の国道を吹っ飛ばしてゆく。

脚がぐるぐる。

道がでこぼこ。

風がきらきら。

そして、とうとう汗だくでスタバに到着。

念願の「スタバデビュー」を果たして、椅子でぼーっとしてる彼の姿を想像すると、どきどきします。

その手のなかには……、おおっ、「ココア」。
どろっとしてる。
格好いい。

今は私が誰かの未来

先日、或る漫画を読んでいたときのこと。

そのなかに「お茶っていうのは、美しい時間のことなのよ」という意味の台詞が出てきて、なるほど、と思いました。

普段は特に意識することなく、生活のなかでどんどん過ぎていってしまう時間。

でも、それが目に見えるお茶の「かたち」になっていると、大切に味わおうと思いますよね。

本当は一瞬一瞬の時間を全て、そんな風に生きるべきなんだろう。

でも、難しい。

だから、憧れる。

スタバの窓際の席に腰掛けて、ひとりでカフェモカを飲みながら本を読んでいる女性があんなに魅力的にみえるのも、単なる見た目の問題などではなくて、彼女を包んでいる時間こそが美しいのではないでしょうか。

カフェとはさまざまな飲み物の力によって、ひとりひとりの時間に美しい「かたち」を与えてくれる場所。

みんなも心のどこかでそういう風に感じているみたいです。

その証拠に、今回送られてきたスタバ短歌のなかには、特別な時間を意識した作品が幾つもありました。


すぎた日やたのしいじかんおもいだすいつもスタバのコーヒー片手に

あや（女・福岡県）

さよならの後の時間をゆっくりと味わっているスターバックス

マグノリア（女・東京都）

かたまった時間をほぐしてパラパラとソイラテにまぜて呑みほす私

阿吽（女・埼玉県）

これらの歌には、いずれも「じかん」や「時間」が出てきます。自分の過去や現在や未来に対する集中力というか、全ての時間を丁寧に味わおうとする感覚をはっきりと読み取ることができます。

そしてまた、カフェはひとりひとりの時間を美しくするだけじゃなくて、自分の時間と誰かの時間をオーバーラップさせてくれる場所でもある。

重なっていく今までにコーヒーを味わった人ぜんぶの時間

あんぷ（女・東京都）

「近所の店ではデートもしたし大学の店では試験勉強したし五反田店では恋愛ばなしもしたし会社から二番目に近い店では先輩に怒られた。私だけでもこんなに思い出があるならみんなのスタバ時間を積み重ねたらすごいことになるんじゃないかと思ったことを伝えたいです」という作者のコメントがありました。

面白い発想だなあ。

とても感度のいい歌、そしてコメントですね。

ユニークな発想の背景には、例えばお店に充ちているコーヒーの匂いや音楽なんかも関係してるんじゃないかな。

あの匂いや音を通じて「みんなのスタバ時間」が混ざり合うような気がするんです。

それから、こんな歌もありました。

いつの日も変わらぬ笑顔に憧れた　今は私が誰かの未来

ｎｉｃｏ（女・神奈川県）

「現役パートナー（スターバックス店員）です。高校時代に初めて足を踏み入れて以来スターバックスが大好きで、受験期もスターバックスで息抜きをして乗り切りました。明るくて元気な声、笑顔、丁寧な接客……、スターバックスにいると本当に幸せな気持ちになれました。大学生になった今、念願叶ってスターバックスでアルバイトをしています。先日、私の後輩がスターバックスで働くのに憧れていることを耳にしました。今の私は当時の私が憧れていたパートナーの姿に少しでも近づけているかな？　私の仕事を見てスターバックスに憧れる人が一人でもいたらいいな、という気持ちになりました」という作者コメントあり。

素敵ですね。

人と人、時間と時間が、コーヒーの匂いや音楽そして何よりも笑顔によって次々に繋がってゆく。

「今は私が誰かの未来」って、素晴らしいフレーズだと思います。

さて、ひとりの美しい時間に強く憧れる、そんな私がいちばん切実に共感したのは、この歌です。


コーヒーを一杯頼み十分で帰る僕って楽しめてない

晴家渡（男・秋田県）

わかる……。

ゆったりしよう、何かに集中しよう、美しい時間を生きよう、そう思えば思うほど、どうしていいのかわからない。

今今今今今今今今って、時間がばらばらになってしまう。

それが自分の心貧しさの証のように思えて、ちょっと焦る。
時計をみると、まだ十分しか経ってない。
うーん、うーん、うーん。
どうして「窓際の席の彼女」みたいになれないんだろう。
不思議です。

イブだからまっすぐ家には帰れない

クリスマスの挨拶は「メリークリスマス」。
でも、全てのクリスマスがいつもきらきらと陽気で楽しいわけじゃない。
人生のなかには、いろいろなクリスマスがありますよね。
今回の短歌のなかに、次のような作品がありました。

三国志読んで終わったクリスマス　さんまの塩焼き食べてから寝る

そうそう（女・神奈川県）

こんな歌を読むと、ほっとします。

マイペースなクリスマス。

「スターバックスのクリスマス短歌」を募集したのに、これを送ってくるところにも、芯からマイペースな人柄が感じられていいですね。

ここまでとはいかなくても、確かに最近の日本には、人それぞれのクリスマスを自然に楽しめる雰囲気があるように思います。

でも、私が若かった頃、バブル時代のクリスマスは、なかなかマイペースになるのが難しかった。

日本中が踊っているような時代のテンションが高すぎて、なんだかみんな変だったんです。

その頃の思い出を書いてみました。


十二月二十四日が怖かった。

それは二月三日や五月十八日や八月三十日や十一月二十七日と同じ、一年のなかの一日に過ぎない。

なのに、その日だけは誰かと一緒に楽しく過ごさないといけないような気持ちにさせられる。

でないと、「さみしい俺」を意識してしまうのだ。

クリスマスなのに仕事、というのならまだいい。

ちょっとさみしいけど、それは最悪のさみしさではない。

だって、仕事なんだから。

仕方ないよ。

僕のせいじゃない。

でも、その日に限って課長が云う。

「そろそろ切り上げて、あとは明日にしよう。今夜はみんな予定があるだろうから。もう帰ってくれ。お疲れさま」

予定……、ありません。

無論、その言葉が口から出ることはない。

仕事という云い訳を失った私は仕方なくコートを着て、鞄をもって、タイムカードを押して、街へ。
そこにはカップルたちが溢れている。
笑顔、笑顔、笑顔、笑顔。
ひー。
キャンセル！
その恋、キャンセル！
君たちはみんな、未来の子孫の念力操作によって恋をさせられているだけなんだよ。
目を覚ませ！
なんて叫んでも、あぶないひとと思われるだけだ。
無理。
ひとりでクリスマスと戦うなんて無理。
無駄な抵抗はやめて真っ直ぐ家に帰ろう。
さっさとご飯を食べて蒲団を被って眠ってしまえばいい。

目が覚めたらもう明日だ。

恐怖の一夜は過ぎ去っている。

でもなあ、と思う。

実家住まいだからなあ。

「クリスマスなのにこんなに早く帰ってきたのか。家でご飯食べて。しかも早寝」と親に思われるのが嫌なのだ。

家族に見栄を張ってもしょうがない、と思いつつ、やっぱりちょっと恥ずかしい。

家に直行は避けたい気分。

でも、辺りはカップルだらけで行く場所がない。

イルミネーションに輝く街を、行き場を求めてふらふらと彷徨った挙げ句に、やっとみつけた一軒の蕎麦屋に逃げ込んだ。

ふう。

よかった。

蕎麦屋なら大丈夫。
さすがのクリスマスもここまでは追って来られまい。

ほっとする。
こんな夜に蕎麦屋にいるなんて年輩の夫婦くらい。
落ち着いてご飯を食べられる。
でも、注文した天せいろは、すぐに食べ終わってしまった。
まだ二十分しか経ってないよ。
仕上げの蕎麦湯をなるべくゆっくり飲む。
ずず、ずず、ずずー。
どうかな。
う、五分しか経ってない。
どうして時間って、経って欲しいときに限ってこんなにのろいのか。
うーん、仕方ない。

コートを着て、再び外へ。

寄り添って歩くカップルたちを避けながら、歩く、歩く、歩く、歩く、歩く。

優しい灯りに誘われるように、次に私がふらっと入ったところは、アンティーク時計の専門店だった。

ウインドウにはたくさんの美しい時計たちが飾られている。

それらを眺めているうちに、ふと、買ってみようか、と思いつく。

今日はクリスマス。

冬のボーナスも出たことだし、せめて自分への贈り物にしよう。

プレゼント・フォー・俺。

美しい腕時計を腕に巻きつけたら、嬉しくなった。

店員さんもにこにこしている。

「これ、ください」

「ありがとうございます」

でも、包んで貰っているうちに急に不安になる。

クリスマスにひとりでふらっとやってきて、「俺」へのプレゼントを買ってる僕、っていったいどうみえてるんだろう。

そう思ったとたん、微笑んでいる店員さんの目が怖ろしくなる。

カードで支払って、逃げるようにお店の外に出た。

辺りは一面の陽気なクリスマス。

手首にはきらきらの腕時計。

ど、どこへ行こう？


スタバへ、と教えてあげたいところです。

カプチーノを飲みながら少し本でも読んで、それから家に帰ろうよ。

でも、この頃の日本には、残念ながらまだスターバックスはなかったんです。

二十一世紀のクリスマスはいいですね。

応募された短歌から、幾つか御紹介しましょう。

イブだからまっすぐ家には帰れない　スタバがあってほんとよかった

さくらんあや（女・香川県）

「クリスマスに一人で入ってもあったかい気持ちになれました」という作者のコメントがありました。

本当によかったですね。

私みたいにならなくて。

パートナー歌を歌うよジングルベル楽しい気分分けてもらった

ｓａ＆ｍｉ（女・千葉県）

作者のコメントは「去年のクリスマスにドリンクを作るパートナーさんたちが、ジングルベルを歌いながら楽しそうに働いていました。その横にいたパートナーさんは苦笑いで私に『すいません』って言ってたけど、寂しいクリスマスが楽しい気分になりました」。

温かな雰囲気が目に浮かびます。

クリスマスに働いているなんて、スタバの店員さんはサンタクロースみたい。

サンタたちの歌ってくれる「ジングルベル」は、心に沁みる贈り物になったことでしょう。

同じのを　あたしのあとにそう頼む君はいないけどがんばるからね

しゅ（女・大分県）

「スタバに行けば、注文に悩んで、結局、私と同じものを頼んでいた彼。クリスマスはひとりでスタバに来ることになってしまったけど、彼は優しい思い出をたくさんくれた人なので、またがんばろうと思いました」というコメントと共に届きました。

「優しい思い出をたくさんくれた」の過去形が甘い悲しみを誘います。

幻聴のように今も響く「同じのを」のひとことが美しい。


「クリスマスにひとりでスタバ」の歌は他にも沢山ありました。

今年もクリスマスがやってきます。

ひとりのひとにも、仕事のひとにも、恋人たちにも、老夫婦にも、温かいコーヒー一杯分の「メリークリスマス」が届きますように。

クリスマス、おめでとう。

まゆげをぬいて待ちかまえてる

短歌を送って下さった皆さんのおかげでなんとか最終回まで辿り着くことができました。どうもありがとう。魅力的な歌が沢山あって嬉しかったです。またコメント欄の充実振りというか、その熱さに驚きながら、ついつい読み耽ってしまいました。スターバックスに来るひとの数だけ物語があることを痛感。

応募作から既に幾つかをエッセイのモチーフに使わせて戴きましたが、採用できなかったなかにも、心に残ったものがありました。例えば、ペンネームが「スタバ大好き」で、投稿作品が「大好き」で、コメント欄が「大好き」とか。残念ながら短歌にはちょっと短いけど、気持ちは伝わりました。つまり、スターバックスが大好きなんですね。
では、最後にそのなかから短歌として優れた作品をご紹介したいと思います。

あの人によく似た人がコーヒーを入れてるだけだ優しいだけだ

ゆず（女・埼玉県）

似ているだけ、「あの人」じゃない、と自分に云いきかせながら、どうしようもなく揺れる心を描いています。「入れてるだけだ　優しいだけだ」というリフレインが、この「心の揺れ」を鮮やかに伝えて効果的。そう、「あの人」よりも確実に優しい。だって、「よく似た人」はスタバのパートナーさんだから。

ラテを手に新幹線を待っている君は上りの我は下りの

まりも（女・奈良県）

遠距離恋愛かな。ポイントは〈私〉の気持ちが全く書かれていないこと。「君は上りの我は下りの」という簡潔なフレーズに想いの全てが込められているところに心をうたれます。

このまちについにスタバができる春まゆげをぬいて待ちかまえてる

沼尻つた子（女・茨城県）

一読して、ふっと笑ってしまいました。「まゆげをぬいて待ちかまえてる」って、どんな気合いの入れ方なのか。センスの良さを感じます。「春」の喜びと「このまちについにスタバができる」喜び、浮き立つような二重の喜びが、この言葉には確かに宿っているようです。

東京で一番初めに買ったものこのタンブラーまだ使ってる

あんぷ（女・東京都）

「東京」で生きてきた時間が、「タンブラー」のかたちで表現されています。「まだ使ってる」のは勿論「タンブラー」のことなんだけど、でも、その奥に「東京」でがんばってきた自分自身の時間への想いが窺えます。

飲みかけのスタバのラテを温めてふきこぼしてる日曜の朝

ちお（女・群馬県）

勿論わざとじゃないし、ふきこぼさない方がいいんだけど、でも、ふきこぼしてしまったことで、逆に「日曜の朝」という特別な時間が少しだけ濃くなったように思えます。あの瞬間の、音と匂いと驚きのせいでしょうか。

あますぎるものばっかりですこしだけふあん　スタバであのひとを待つ

花夢（女・岐阜県）

エスプレッソはむしろ苦く、サンドイッチだって沢山ある。それでも「あますぎる」と感じるのは、フレーバーやケーキのせいばかりではないのでしょう。「あのひと」との恋の甘さに対する「ふあん」に包まれた気持ちが臨場感をもって詠われています。そのなかに埋もれてしまいそうな感覚を表す平仮名表記も効いている。

一つずつメニューの違いを尋ねてる母は理解を試みている

ぽぽ子（女・神奈川県）

店員さんに直接「尋ねてる」のかな。偉いなあ。あの状況で「一つずつメニューの違いを」尋ねるなんて、サムライの胆力をもったお母さんだ。「母は理解を試みている」という云い方に、驚きと愛情と敬意の混ざった〈私〉の眼差しを感じます。

まだ子供　大人になるね　母に言い　一人で行ったスターバックス

ｋｅｉｋｏ（女・大阪府）

「一人で」森で一晩過ごしたり、バンジージャンプをしたり、ライオンを仕留めたりすれば大人になれる社会があるらしい。平成の日本ではこれがそうだったのか、という意外性の魅力。よかった。僕ももう大人だ。

たぶん帰ってくる街のスターバックスで二時迄本を読んでから　行く

草子（女・東京都）

旅立ちの前の、特別な時間が詠われています。電車か飛行機か、それとも長距離バスでしょうか。「たぶん帰ってくる」と云いつつ、それが何年後になるのか、〈私〉にも見当がつかないのでしょう。「行く」の前にある一文字分の空白が美しいのは、旅立ちへの決意が込められているから。新しい街に着いた〈私〉は、最初に入ったスタバでふと目についたタンブラーを買ったりするのかもしれませんね。

以上です。ありがとうございました。いつかどこかの街のスターバックスでお会いできるのを楽しみにしています。僕、赤い天使のスターバックスカード持ってるんですよ。

では、皆様、温かなクリスマスをお迎え下さい。

※赤い天使のスターバックスカードは二〇〇三年に販売し、現在のお取り扱いは終了しています。

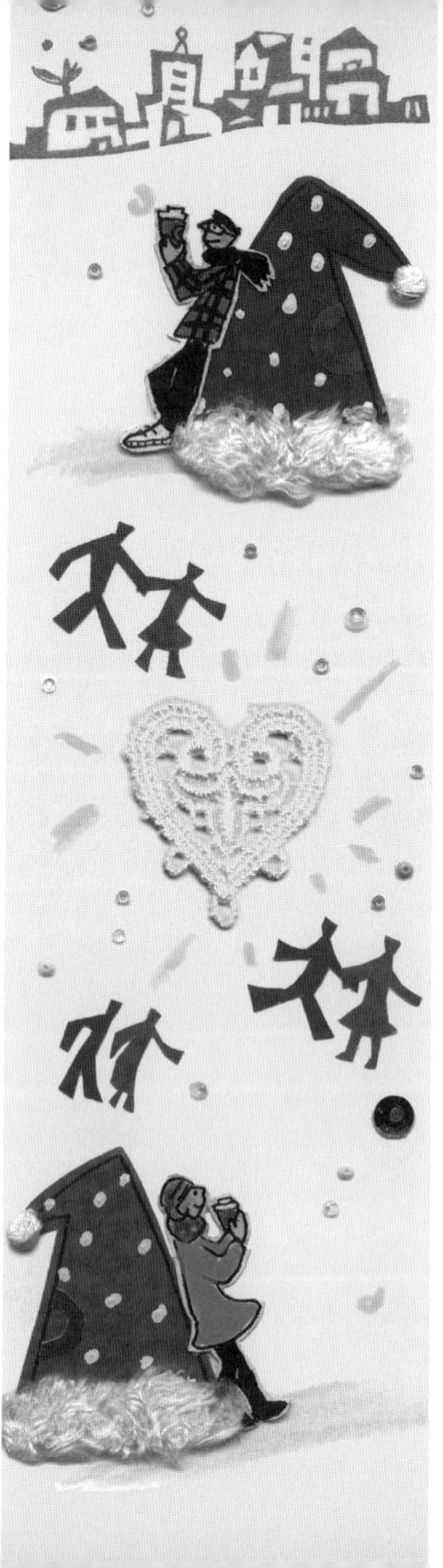

人魚猛獣説

スターバックスと私

番外編

ほんとうの手紙書くから

クリスマス・エッセイの連載を終えてしばらく経った或る日のこと。
私の元に一通のメールが届きました。
差出人は昔のガールフレンド。
何年も連絡がなかったのに、どうしたんだろう。
ちょっとどきどきしながら中を開くと、こんなメッセージが現れました。

スタバの連載してたんだね。
最近気がつきました。
びっくり。

昔、一号店が出来たとき、銀座だったっけ、一緒に行ったよね。


こちらこそ、びっくりしました。

正直なところ、全く覚えていないのです。

そんなことがあったんだ……。

一号店ってことは一九九六年か。

わざわざ出かけるなんて結構ミーハーだったんだなあ、自分。

すっかり忘れていた理由のひとつには、そのあとの暮らしの中で、スターバックスの存在に慣れてしまったことがあるような気がします。

それが在るのが当然の世界に生き続けていると、初めて出会ったときの新鮮な驚きは失われてしまうんじゃないか。

例えば、「銀河鉄道」とか「透明人間」とか「タイムマシン」とか。

いや、みっつとも実在はしないけど、それがどういうものかは誰でも知ってますよね。

でも、改めて考えると、どれも凄いアイデアで、最初に知ったときは誰もがびっくりしたと思うんです。

だからこそ、定番として存在が残った。

そのためにこちらの感覚が麻痺してしまって、今となっては誰も驚くことはない。


これらのSF的な概念とはちがって、スターバックスは実在するんだけど、でも、そういえば最初はびっくりしたものでした。

店員さんのフレンドリーさ。

オーダーの複雑さ。

あの「緑色」のもっている奇妙な吸引力。

エスプレッソという存在自体が認知されていなかった当時の日本では全てが新鮮でした。

なかでも、最大の衝撃はこれだったかもしれない。

禁煙を成功させた総務部長姿勢正しく店内に座す

nao（女・神奈川県）

そう、「禁煙」です。

引用歌は「禁煙」を成功させたからこそ、スタバに来られたという内容ですね。

「総務部長」って言葉が微妙にスタバに似合わないところが、いい味になっています。

スタバが「禁煙」だと知ったときの驚きは忘れられません。

当時の日本の飲食店、特に喫茶店では考えられないことでした。

なんて凄い決断なんだろう。

だって、それによって、初めからお客さんの何割かを確実に減らしてしまうことはわかっているのだから。

普通はなるべく敷居を低くして、間口を広く取りたいと思うのが、人情ってものじゃないでしょうか。

でも、二十一世紀の現在では、飲食店の「禁煙」はごく普通のこと。

新しい常識に慣れてしまうと、最初の衝撃もすっかり消えてしまうわけです。


もうひとつ、あります。

応募歌の作者コメントのなかに、こんな言葉をみつけて思い出したこと。

「『ランプの下でお待ちください』というのが、スタバの店員さんのせりふの中で一番ときめきます」（やすたけまり）

そうでした。

最初に云われたときは意味がわからなかった。

なのに、妙にどきどきしたっけ。

「ランプの下」という云い方に、どこか現実離れした、物語っぽい感触があったのでした。

このコメントとともに送られてきたのは、次の歌です。

ほんとうの手紙書くから烏瓜ランプの下でおまちください

やすたけまり（女・京都府）

現実のスターバックスの約束事をさらに物語的に異化しているわけですね。
他にも、ランプについての作品は幾つもありました。

出来るまで待つ時永くエイエンがオレンジランプだったんだ、冬

緑ジャージ（女・大阪府）

あのランプ星に見えない？　東方の三博士じゃあないけれど。

辻川果実（女・滋賀県）

いずれもあのランプの不思議な存在感が捉えられています。
時間と場所の遠近感が狂うような魅力がありますね。

さて、話は昔のガールフレンドから届いたメールに戻ります。

「昔、一号店が出来たとき、銀座だったっけ、一緒に行ったよね」

という言葉に対して、迷った挙げ句に返信を書きました。

「あ、そうだ。楽しかったね」

本当は覚えてないのが後ろめたくて、なんだかあっけない云い方になってしまいました。

どうせ嘘をつくなら、きっぱりこう書くべきだったかなあ。

「うん、『ランプの下でお待ちください』って云われて、どきどきしたね」

コーヒーと文学

文学作品におけるコーヒーは、どんな風に表現されてきたのだろう。私が小説のなかでコーヒーに出会った、最初にして最も印象的なシーンはこれです。

＊＊＊

道雄のうちはお医者さんなので、何かにつけて、西洋くさいところがあった。あるとき、彼のうちに遊びに行ったら、どろをとかしたような、まっ黒い飲みものを出された。こんなものは飲んだことがないから、吾一はもじもじしていると、「甘くって、うまいんだぜ。」と、しきりにすすめられるので、彼は恐る恐るくちびるをつけてみた。なるほど、色は黒いけれども、甘くって、うまかった。それはコーヒーってもので、お湯をつがない前には、サイコロのように、白い、四角い形をしたものだそうだ。なかに、コーヒーって黒い粉がはいっている。それだけだと、にがくって飲めないから、そとを白ザトウでくるんであるのだそうだ。

吾一は道雄の説明を聞きながら、うまかったものだから、砂のような、ざらざらしたおりまで飲んでしまったが、舌の上にごそごそしたものが残った時、

「――だけど、なんだね、サトウ湯のほうがうまいね。」

と、その割りにうまくなかったような批評をした。吾一は道雄から、自分の知らないようなものを突きつけられると、いつも、つい、反発しないではいられなかった。

『路傍の石』（山本有三）より

＊　＊　＊

今読んでも心に残りますね。

『路傍の石』が書かれたのは今から約七十年前、作中の舞台設定に至っては明治時代だから百年以上も前ということになります。

その頃のコーヒーって、こんな存在だったのか。

サイコロみたいで外側を砂糖でくるんであるっていうのが、なんだか、逆に新鮮です。

「サトウ湯」っていうのも、意味はわかるけど、飲んだことないなあ。でも、食パンにバターを塗って、その上にさらさらと砂糖をかける、「サトウパン」なら食べたことがあります。

平成生まれの人々からみると、とんでもない食べ物かもしれないけど、昭和三十年代生まれの僕らの世代なら、みんな一度はやったことがあるんじゃないかな。

ざらざらして妙に美味しい。

昭和一桁生まれの父の少年時代なら、夢のような食べ物だろう。

時代によって、飲食物に対する認識というかイメージは随分変わってくるようです。

では、現代短歌の歴史のなかでは、コーヒーという飲み物は、どんな風に詠われてきたのでしょう。

『岩波現代短歌辞典』には「コーヒー（珈琲）」という項目があります。

＊　＊　＊

コーヒー【珈琲】

最もポピュラーな嗜好飲料であり、今では家庭で豆をひいてコーヒーをいれる人も多くなった。精神的休息として飲まれることが多い。

ふるさとの訛りなくせし友といてモカ珈琲はかくまでにがし

寺山修司

珈琲(コオヒー)を活力としてのむときに寂しく匙の鳴る音を聞く

佐藤佐太郎

日の夕べ珈琲の香のたちくるをかなしみにつつ街に入り来も

成瀬有

地下茶房にコーヒーを飲み昼休み動詞「おもふ」の中にわが棲む

高野公彦

寺山作品は、一九五〇年代のまだコーヒーが珍しかった時代の都会生活に対する拘りが窺える。ふるさとの訛りがなくなった友と飲む珈琲のにがさ、それは都会人になってしまった友に対する違和感でもある。佐藤作品の活力として飲むコーヒーも、より精神的なものにウエイトがかかり、匙の鳴る音を寂しさとしてとらえている。成瀬作品は、コーヒーの香りに心を仮託し、高野作品では、コーヒーを飲みながら考えごとをしている作者自身、現実から遊離している心のありようをうたっている。歌の素材としてのコーヒーは、味覚よりも、飲んでいる時間の心の揺らぎがポイントで、それは、香りと味がひととき日常を忘れさせる要素を秘めているからだともいえる。コーヒーは、生活の脇役として、エッセンスとして扱われ、うたわれやすい。（恒成美代子）

＊　＊　＊

「精神的休息として飲まれる」というところが面白いですね。コーヒーは単なる飲み物ではないという感覚が、かなり昔から一貫してあったことがわかります。

そういえば、学生時代のクラスメートが喫茶店でアルバイトをするようになったときのこと。

初日にお店のマスターから、こう云われたそうです。

一杯五〇〇円という値段が高いと思いますか。

でも、そんなことはありません。

これはコーヒーという飲み物の値段ではないんです。

特別の時間と空間を提供する対価。

だから、ちっとも高くない。

胸を張って受け取ってください。


「特別の時間と空間を提供する対価」、つまり雰囲気代かあ、とみんなで感心したことを覚えています。

一九八三年のことでした。

去年すなわち二〇〇八年に刊行された小説には次のような描写があります。

＊　＊　＊

「スターバックスがなぜこれほどまでに受け入れられたか、わかるかい」

と、田中は言った。

「いたるところにあるわね」

「よく入るのかい」

「ふとコーヒーを飲みたいとき。コーヒー一杯分の時間を椅子にすわっていたいとき」

という三枝子の言葉に対して、

「いたるところにあるというのは、ミソのひとつだよ」

と、田中は言った。三枝子は笑った。

「スターバックス・ミソね」

「いたるところにある。どこへ入ってもそこはスターバックス。おなじ作り、おなじメニュー、おなじ雰囲気、まったく同一のシステム。どこで入っても、そこはおなじスターバックス。いたるところにあると、こういったことぜんたいが、何倍にも増幅されて認識される。入ればそこはスターバックス。一定の客足が見込めるなら、どこでもいい。しかも突然に出来る。そしてそれはまぎれもなくスターバックス。たとえばきみが客として入ったとたん、きみはまったくひとりで、そこにいることになる。自分ひとりで自分のことに没入出来る。他のこといっさいと無関係になれる。この快適な便利さ。これこそスターバックス。少なくとも東京では」

「言ってることは、なんとなくわかる」

「投手の姉、捕手の妻」（片岡義男『白い指先の小説』）より

＊　＊　＊

この「コーヒー一杯分の時間を椅子にすわっていたいとき」は、「特別の時間と空間を提供する」というマスターの言葉や「コーヒーは、味覚よりも、

飲んでいる時間の心の揺らぎがポイント」という『岩波現代短歌辞典』の記述とも一致しますね。

『路傍の石』の世界から一〇〇年。日本は全くの別世界になったようでもあり、ほんの一歩しか動いていないようでもあります。

小説同様にプロの歌人の歌にも、最近ではスターバックスがあらわれるようになってきました。

銀河系スターバックスコーヒーの椅子高しいつも脚が泳げる

小島ゆかり

「銀河系」っていうところがポイント。

どういう仕組みになっているのか、わからないけど、スターバックスのお店には独特の奥行き感があって、実際よりも広いというか深く感じられることが多い。

高い椅子に腰掛けて足をぶらぶらさせると、宇宙空間にひとりで漂っているような奇妙な落ち着きと孤独を感じます。

「他のこといっさいと無関係」に、ただ「コーヒー一杯分の時間を椅子にすわっていたいとき」が、どんなひとにもある。

短歌辞典のいう「香りと味がひととき日常を忘れさせる要素」が、「銀河系」の一語に込められているようです。

心の「銀河系」ですね。

協力　スターバックス コーヒー ジャパン

穂村弘（ほむら・ひろし）

歌人。1962年札幌生。主な著書に『シンジケート』『手紙魔まみ、夏の引越し（ウサギ連れ）』『ラインマーカーズ』『短歌の友人』『世界音痴』『本当はちがうんだ日記』『もしもし、運命の人ですか。』『にょっ記』『にょにょっ記』『整形前夜』他。また「ほむらひろし」名義による絵本翻訳も多数。第19回伊藤整文学賞、第44回短歌研究賞、2008年度アルスエレクトロニカ・インタラクティブ部門栄誉賞（石井陽子とのコラボレーションによる）を受賞。

人魚猛獣説
スターバックスと私

著者　穂村弘
発行者　伊藤玄二郎
発行所　かまくら春秋社
鎌倉市小町二－一四－七
電話〇四六七（二五）二八六四
印刷所　ケイアール
平成二十一年十一月三〇日　発行

ISBN978-4-7740-0450-1 C0095